Foster Austin Sprouse

STAR WARS™

DIE NEUEN ABENTEUER DES LUKE SKYWALKER TEIL I

Adaption des Bestsellers von Alan Dean Foster

Terry Austin
Textadaption & Tuschezeichnungen

Chris Sprouse
Vorzeichnungen

James Sinclair
Farben

Hugh Fleming
Coverillustrationen

Sylvia Meisel
Lettering

Wolfgang Keller
Gestaltung

Georg F.W. Tempel
Dt. Text & Redaktion

FeestComics

Vor langer Zeit in einer weit entfernten Galaxie…

1. Auflage
FEEST COMICS
Postfach 10 12 45, 70011 Stuttgart
Übersetzung aus dem Amerikanischen: Georg F.W. Tempel
Chefredaktion: Michael F. Walz
Stellv. Chefredakteur und verantwortlich
für dieses Album: Georg F.W. Tempel
Textbearbeitung: Etsche Hoffmann-Mahler
Lettering: Sylvia Meisel
Gestaltung: Wolfgang Keller
Buchherstellung: Andreas Jakob und Agnès Borie
Originaltitel: Star Wars „Splinter In The Mind's Eye" Part 1 & 2
Published originally by Dark Horse Comics, Inc.

Druck und Verarbeitung: Dr. Cantz'sche Druckerei, Ostfildern
ISBN 3-89343-736-3

Gedruckt auf chlorfreiem Papier
Umschlagveredelung mit umweltverträglichem Lack

ZEIT: KURZ NACH DER ZERSTÖRUNG DES IMPERIALEN TODESSTERNS DURCH DIE REBELLEN-ALLIANZ.
ORT: DAS CIRCARPOUS-SYSTEM.
TAGESORDNUNG: ÄRGER!
LEIA! WIE GROSS IST DER SCHADEN?
SIEHT SCHLECHT AUS, LUKE -- DER STEUERBORDANTRIEB IST VÖLLIG AUSGEFALLEN! ICH HABE DEN BACKBORDANTRIEB UM NEUNZIG PROZENT GEDROSSELT, UM DIE LEITSYSTEME AUSZUBALANCIEREN...
O WEH!

UNTER DIESEN UMSTÄNDEN WERDE ICH ES NICHT BIS CIRCARPOUS IV SCHAFFEN. DA ICH UNBEDINGT AN DIESER KONFERENZ TEILNEHMEN MUSS, WERDE ICH WOHL BESSER AUF CIRCARPOUS V NOTLANDEN, UM REPARATUREN VORNEHMEN ZU LASSEN!
PRINZESSIN, ICH BREMSE AUCH AB, UM BEI IHNEN ZU BLEIBEN! ABER LAUT MEINEN INFOBÄNDERN BESITZT MIMBAN NICHT EINMAL EINE NOTFALLSTATION, GESCHWEIGE DENN EINE REPARATURSTATION!
SIE HABEN RECHT. ABER WEDER AUF UNSEREN BÄNDERN NOCH AUF DENEN DES IMPERIUMS IST EINE STATION AUFGEFÜHRT. WENN WIR-- LEIA!
IHRE INFORMATIONEN MÜSSEN VERALTET SEIN. ICH EMPFANGE EIN LANDELEITSIGNAL AUF FREQUENZ NULL-VIER-SECHS-EINS.
HABE DIE SEITENKONTROLLE JETZT VÖLLIG VERLOREN. ICH MUSS LANDEN!
VERSUCHEN SIE, SANFT ZU LANDEN, PRINZESSIN LEIA. HARTE LANDUNGEN BRINGEN MEINE STABILISIERUNGSKREISEL DURCHEINANDER.
ICH BIN AUCH MEHR FÜR DAS SANFTE.
ERZWO, AKTIVIERE DEN TRACKER! SENSORISCHE ANSCHLÜSSE AUF VOLLE-- UGHN!
BWEE WEEP

ETWAS -- DRÄNGT SICH IN MEINE GEDANKEN. ES KOMMT VON MIMBAN HER UND RÜTTELT AN DER MACHT. MUSS RUHIG WERDEN, ES DURCH MICH HINDURCHFLIESSEN LASSEN, WIE OBI-WAN ES MICH GELEHRT HAT...
LUKE -- VOR UNS IST ETWAS -- DER HIMMEL!
SCREEECHOWW!
ICH HABE LEIA VERLOREN! ALLE INSTRUMENTE SPIELEN VERRÜCKT!
ERZWO! ICH WEISS, DASS DER TRACKER JETZT NICHT FUNKTIONIERT, ABER ER SOLLTE UNS LEIAS GENAUEN KURS ANZEIGEN, BEVOR DIESE ERSCHEINUNG UNSERE SYSTEME AUSGESCHALTET HAT!
ICH WERDE UNS EXAKT AUF DEMSELBEN KURS RUNTERBRINGEN, UND WENN WIR GLÜCK HABEN, LANDEN WIR NICHT AUF DER IHNEN ENTGEGENGESETZTEN PLANETENHÄLFTE...
...WENN WIR ÜBERHAUPT HEIL RUNTERKOMMEN!

WOLKEN VERDECKEN DIE SICHT-- STRÖMENDER REGEN, BLITZE -- ICH AKTIVIERE BESSER DIE REPULSOREN, BEVOR WIR DEN BODEN AUF DIE HARTE TOUR LOKALISIEREN.
MASCHINEN AUS... WERDE IN DEN GLEITFLUG ÜBERGEHEN... GENAU WIE MEIN ALTER SKYHOPPER ZU HAUSE!
BWHEEEEET!
ICH WEISS, ERZWO-- ICH BREMSE VOLL AB! GIB MIR--!

MUSS HIER RAUS... DAS DING IST JETZT NUR NOCH SCHROTT. DAMIT FLIEGT KEINER MEHR. MUSS DIE ANDEREN FINDEN...
CREEEK
HSSSSS
BWIET-TA-WIE?
ERZWO?
ICH BIN OKAY.
FL-WHIIA?
ICH DENKE, ICH WEISS, WAS DU MEINST. NEIN, ICH HAB KEINE AHNUNG, WO DREIPEO UND LEIA SICH BEFIN-DEN...
...ICH WEISS NICHT EINMAL, WO WIR SIND...
KURZE ZEIT SPÄTER MACHT SICH LUKE (BEGLEITET VON R2-D2) UNERSCHROCKEN AUF DEN WEG, UM SEINE FREUNDE ZU FINDEN: BELA-DEN MIT SEINER ÜBERLEBENSAUSRÜ-STUNG, DEM LICHTSCHWERT SEINES VATERS UND EINEM SCHWEREN HER-ZEN AUS FURCHT DAVOR, WAS IHN WOHL ERWARTEN WIRD...

WENN UNSERE URSPRÜNGLICHE KARTE GESTIMMT UND LEIA IHREN ANFLUGSKURS NICHT GEÄNDERT HAT, DANN SOLLTE DER TRACOMP UNS SCHLIESSLICH ZU IHNEN FÜHREN...
DORT... IN EINIGER ENTFERNUNG... DIESE KOSMISCHEN WEHRTÜRME... IRGEND ETWAS UMGIBT SIE. MAN HAT DEN EINDRUCK, DASS SIE NICHT VON MENSCHLICHEN HÄNDEN ERRICHTET WORDEN SIND.
TROTZ MEINER NEUGIER BIN ICH FROH, DASS UNSER KURS UNS NICHT IN IHRE NÄHE BRINGT--
KR-RAK
BLEIB HINTER MIR, ERZWO! DA KOMMT ETWAS DURCHS UNTERHOLZ!

WOANDERS...
VERZEIHEN SIE, PRINZESSIN, ABER GLAUBEN SIE WIRKLICH, DASS ERZWO UND MASTER LUKE SICHER AUF DIESEM SCHRECKLICHEN PLANETEN GELANDET SIND?
NATÜRLICH, LUKE IST UNSER BESTER PILOT. WIR MÜSSEN NUR GEDULD HABEN. SIE WERDEN DANN SCHON ZU UNS STOSSEN...
...HOFFE ICH...
REGISTRIERST DU ETWAS, DREIPEO?
NEIN, PRINZESSIN LEIA.
NICHTS, DAS GRÖSSER IST ALS EIN PAAR KLEINE MENSCHENAFFEN. AUCH AUF INFRAROT NICHT.
WAS ABER NICHT HEISST, DASS NICHT ETWAS GROSSES MIT BÖSARTIGEN ABSICHTEN HERUMSCHLEICHEN KÖNNTE.
GANZ RUHIG. ICH BEZWEIFLE, DASS DU DER VERDAULICHSTE VON UNS BEIDEN BIST... WENN LUKE NICHT BALD AUFTAUCHT, WERDE ICH MEIN TREFFEN MIT DER UNTERGRUNDORGANISATION AUF CIRCARPOUS IV VERPASSEN.
DANN WIRST DU DIE WAHRE BEDEUTUNG VON "BÖSARTIGEN ABSICHTEN" KENNENLERNEN!
AAAH-WOOP
PRINZESSIN! DIESER FÜRCHTERLICHE SCHREI -- DAS IST MINDESTENS EIN VOR HUNGER VERRÜCKTER ENDORISCHER YAYAX!
TÖTEN SIE IHN, BEVOR ER MICH FRISST!

LEIA! NICHT SCHIESSEN! ICH BIN'S!
BIIII-OOT!
ERZWO-DEZWO! ES TUT GUT... WIESO LÄSST DU MICH SO LANGE AUF DICH WARTEN? WENN ICH AN DIE ANGST DENKE, DIE ICH DEINETWEGEN DURCHSTEHEN MUSSTE...
LUKE, SIND SIE IN ORDNUNG?
JA. ICH BIN KURZ NACH IHNEN HERUNTERGEKOMMEN. ICH BEFÜRCHTETE, DASS WIR SIE IN DIESER WILD- VERPASSEN WÜRDEN.
BEVOR WIR AUFSETZTEN, KONNTE ICH DIE QUELLE DES LEITSIGNALS LOKALISIEREN. SOBALD WIR DIE STATION ERREICHT HABEN, KÖNNEN WIR UNS UM EINEN FLUG NACH CIRCARPOUS IV KÜMMERN.
WENN ES ÜBERHAUPT EINE STATION GIBT UND WENN DIE DANN NICHT VOLLAUTOMATISCH IST. EGAL, WIR KÖNNEN AUCH GENAUSO GUT UNTERWEGS GEFRESSEN WERDEN, ANSTATT HIER RUMZUSITZEN...
SIND SIE AUF FLEISCHFRESSENDE LEBENSFORMEN GESTOSSEN?
NEIN, DIE EINZIGE KREATUR, DER WIR BEGEGNET SIND, WARF EINEN BLICK AUF UNS UND RANNTE DANN WIE EIN AUFGESCHRECKTER BANTHA DAVON... LASSEN SIE UNS AUFBRECHEN, SOLANGE ES NOCH HELL IST.
ICH BIN SOWEIT-- GEHEN WIR!
ÄH-- LUKE... DREIPEO...
MASTER LUKE, ENTWEDER SCHRUMPFT DIE PRINZESSIN, ODER DER PLANET SELBST HAT SICH ENTSCHIEDEN, SIE ZU FRESSEN!

GUT FEST-HALTEN, IHR BEI-DEN, SONST STECKE ICH AUCH DA DRIN!
ZIEHT!
NA, BIN ICH SO NICHT PERFEKT DAZU GEEIGNET, MIT DEM UNTER-GRUND VON CIRCARPOUS ZU KON-FERIEREN? FÜR SIE GIBT ES JETZT NUR EINE MÖGLICHKEIT, SICH DER ALLIANZ ANZUSCHLIESSEN...
... INDEM SIE UNS MIT UN-MENGEN VON SCHEUERBÜR-STEN VER-SORGEN!
DAS WIRD SCHON, PRINZESSIN. WENN JEMAND DIE LEUTE VON CIRCARPOUS DAZU ÜBERREDEN KANN, SICH MIT UNS ZU VEREINEN, DANN SIE.
DANKE FÜR DIE AUFMUN-TERUNG...
... ABER IM MOMENT FÜHLE ICH MICH MEHR WIE EIN SCHLAMM-MENSCH VON ROON, ALS WIE EINE POLITI-KERIN...

AM TAG SIND SIE UNTERWEGS...
DIESE RIESIGE ANSAMMLUNG FREIER ENERGIE, DIE UNSEREN INSTRUMENTEN DEN GARAUS GEMACHT HAT, BESCHÄFTIGT MICH IMMER NOCH... BLITZE, DIE VOM HIMMEL ZUM SCHIFF ÜBERSPRINGEN UND WIEDER ZURÜCK, SO ETWAS HABE ICH NOCH NIE GESEHEN.
ICH AUCH NICHT, SIR. ICH DACHTE, ICH WERDE VERRÜCKT.
ICH HABE AUCH NOCH NIE ETWAS ÜBER EIN SOLCHES PHÄNOMEN GELESEN.
EINIGE KOLONIALISIERTE GASPLANETEN HABEN GRÖSSERE STÜRME, ABER NIEMALS MIT SO VIELEN FARBEN.
BIOOOP.
IN DER NACHT SCHLAFEN SIE...
KEINE SORGE, SIR. ERZWO UND ICH HALTEN WACHE, WÄHREND SIE SCHLAFEN.
ES GIBT KEIN LEBENDES WESEN, DAS SOLCH SCHLECHTEN GESCHMACK HAT, ERZWO ZU VERSCHLINGEN.
BIIII-OOP!
SEHR WITZIG. ICH HOFFE, EINER DER HIER LEBENDEN FLEISCHFRESSER KAUT AN DIR HERUM UND ZERSTÖRT ALLE DEINE SENSOREN!
VIELLEICHT BIN ICH JA NUR EIN DUMMER FARMERJUNGE, ABER ICH WERDE AUF DICH ACHTGEBEN...

WIR NÄHERN UNS DEM SIGNAL. ICH HOFFE, DASS DORT MENSCHEN SIND -- UND ETWAS RICHTIGES ZU ESSEN-- IN DER STATION!
SELBST WENN ES EIN VOLLAUTOMATISIERTER POSTEN IST, MUSS ER VON JEMANDEM GEWARTET WERDEN, WENN AUCH UNREGELMÄSSIG.
ICH HAB EIN PAAR ZIEMLICH GROSSE RUINEN IN DER NÄHE UNSERER ABSTURZSTELLE GESEHEN. VIELLEICHT GEHÖRT DAS SIGNAL ZU EINER FREMDEN ARCHÄOLOGISCHEN FORSCHUNGSSTATION.
MÖGLICH. EIN VORÜBERGEHENDER FORSCHUNGSPOSTEN WÜRDE ERKLÄREN, WARUM ES NICHT GELISTET IST.
WENN DAS FORSCHUNGSTEAM HIER ARBEITET, KÖNNTE ES SOGAR EINE SUBRAUMVERBINDUNG GEBEN, UM MIT CIRCARPOUS IV IN VERBINDUNG ZU BLEIBEN!
PARDON, MASTER LUKE...
ICH DACHTE, ES WÄRE WERT, ERWÄHNT ZU WERDEN, ABER DAS HIER IST KEIN BAUM. ES SCHEINT SICH UM EINE METALLOBERFLÄCHE ZU HANDELN, UND ICH GLAUBE, ES BESTEHT DIE MÖGLICHKEIT --
DAS IST METALL!
EINE ART VON MAUER! LOS, WIR FOLGEN IHR! ERZWO, SCHNEIDE UNS DEN WEG DURCH DAS UNTERHOLZ FREI!
BIII-WHIIP!
OJE...
NICHT, DASS ICH DANK ERWARTET HÄTTE, ABER DASS MAN MICH JETZT ZURÜCKLÄSST...!
WARTEN SIE AUF MICH, MASTER LUKE!

PRINZESSIN! ERZWO!
HIER ENDET DIE MAUER-- UND DAHINTER...
DER MACHT SEI DANK!
ERST SUCHEN WIR EINEN ORT, WO WIR UNS SÄUBERN KÖNNEN, UND DANN EIN NETTES LOKAL!
OH, ERZWO! ENDLICH GIBT ES SCHMIERÖLE!
WARTEN SIE, LUKE.
WAS IST?
DAS IST MEHR ALS NUR EINE LEITSTATION, UND ES IST ZU BEFESTIGT, UM NUR EIN FORSCHUNGS-POSTEN ZU SEIN.
SIE HABEN RECHT. ES IST EINE GROSSE ANLAGE-- VIELLEICHT EINE GESELLSCHAFT VON CIRCARPOUS IV?
MASTER LUKE-- WIR SIND GERETTET! DA KOMMT JEMAND!
HALLO, GUTE FREUNDE!
STILL... SIEH DOCH.
„IMPERIALE STURMTRUPPEN!"

SIE MÜSSEN OHNE DAS WISSEN DER CIRCARPOUSIANER HIERSEIN, SONST HÄTTE DER UNTERGRUND UNS DAVON BENACHRICHTIGT.
WENN SIE DAS ERFAHREN, VERLASSEN DIE CIRCARPOUSIANER DAS IMPERIUM SCHNELLER, ALS EIN BEAMTER GESETZE ZITIEREN KANN!
UND WER SOLL IHNEN DAVON BERICHTEN? WIR?
„PSSST! DIE LEUTE DA TRAGEN MINENANZÜGE. DAS IMPERIUM FÖRDERT IRGEND ETWAS WERTVOLLES AUS DEM PLANETEN UND WILL NICHT, DASS DIE CIRCARPOUSIANER DAVON WISSEN."
VVEEOWR
OH, SIR, WIR SIND ERLEDIGT! SIE SETZEN SIMOOMIANISCHE SINNESHUNDE AUF UNSERE SPUR AN!
ICH KENNE DAS GERÄUSCH! DAS IMPERIUM BETREIBT HIER ENERGIEBERGBAU, UND DEM LÄRM NACH ZU URTEILEN, SETZEN SIE EIN PAAR ZIEMLICH GROSSE GENERATOREN DAZU EIN!
DAS ERKLÄRT DIE ATMOSPHÄRISCHEN STÖRUNGEN, DIE UNSERE INSTRUMENTE AUSGESCHALTET HABEN... ICH HABE GELESEN, DASS EIN SCHIFF BESONDERS ISOLIERT SEIN MUSS, WENN ES EIN GEBIET DURCHQUEREN WILL, IN DEM ENERGIEBOHRUNGEN VORGENOMMEN WERDEN.
DIE NEBENWIRKUNGEN WIE ÜBERLADUNGEN WERDEN IN DEN HIMMEL ABGELEITET.
ABER DIE RADIOAKTIVEN NEBENPRODUKTE -- WENN MIMBAN EINE EINGEBORENE RASSE UNTERSTÜTZT, IST DIESE ART VON BERGBAU ILLEGAL.
SEIT WANN STÖREN SOLCHE RECHTLICHEN FEINHEITEN DAS IMPERIUM?

GUTER EINWAND! ABER EBEN ERINNERT MICH MEIN MAGEN AN DRINGENDERE BELANGE. NOTFALL-KONZENTRATE HALTEN NUN MAL NUR FÜR KURZE ZEIT AN.
SIR, DÜRFTE ICH EINEN KLEIDUNGSWECHSEL VORSCHLAGEN? SIE BEIDE SIND DEN IMPERIALEN KRÄFTEN BESTENS BEKANNT, UND SO WIRD MAN SIE ERKENNEN UND EINSPERREN.
GUT, HIER IST EIN LADEN FÜR MINENARBEITER. ABER WO SIND DIE DENN ALLE?
DIE EINZIGE EINRICHTUNG, DIE ZU DIESER NÄCHTLICHEN STUNDE NOCH GEÖFFNET HAT, WIRD NUR RAUSCHMITTEL VERKAUFEN... WIE KOMMEN WIR DA REIN?
KEINER DER JEDI-RITTER WIRD JE DARAN GEDACHT HABEN, DAS HIER ALS EINBRUCHSWERKZEUG ZU BENUTZEN...
... DA ABER LEISES VORGEHEN GEBOTEN IST...
KLIK
NA ALSO-- UND OHNE DEN SCHLIESSMECHANISMUS ZU BESCHÄDIGEN!
GEHEN SIE SCHON. DIE DROIDEN UND ICH WERDEN WACHE STEHEN.
ICH WERDE MICH UMZIEHEN UND IHNEN DANN EIN PAAR PASSENDE KLEIDUNGSSTÜCKE MITBRINGEN.

ETWAS LÄSSIGER, PRINZESSIN.
IHR ARISTROKRATISCHES AUFTRETEN WIRD UNS NOCH ALLE IN EINE IMPERIALE ZELLE BRINGEN!
ERST HELFE ICH IHNEN BEI EINEM EINBRUCH, UND JETZT DAS!
GLAUBEN SIE, ES WAR KLUG, DIE DROIDEN WEGZUSCHICKEN?
JEMAND MUSSTE UNSERE KOMBINATIONEN UND DAS GEPÄCK IM MORAST VERGRABEN.
ICH HAB IHNEN BEFOHLEN, DANACH VOR DEM LOKAL AUF UNS ZU WARTEN.
GENUG GEZÖGERT-- ICH VERHUNGERE.
ICH HABE GENUG GELD IN IMPERIALER WÄHRUNG, UM EINIGE ZEIT ÜBER DIE RUNDEN ZU KOMMEN. UND SIE?
SEUFZ. WIR WERDEN SCHON DAMIT AUSKOMMEN...
WAS SOLL EINE REPRÄSENTANTIN DER ALLIANZ MIT HERKÖMMLICHEM GELD AUF EINER DIPLOMATISCHEN MISSION ANFANGEN? ICH HABE SOLCHEN HUNGER -- ICH KÖNNTE EIN HALBES CHOU-SHOU ESSEN!

WAS DARF ICH BRINGEN?
WAS KÖNNEN SIE EMPFEHLEN?
KOMMERKEN STEAK UND OOTOOWERKS... MIT DEN ÜBLICHEN BEILAGEN.
FÜR ZWEI.
NA, DAS WAR DOCH EINFACH, ODER NICHT? LUKE, STIMMT WAS NICHT?
DAS...
BITTE, SIR, ICH SCHON TRINKEN.
VERDAMMTE GRÜNHÄUTE! ARBEITEN KÖNNEN SIE NICHT, UND SIE UMZULEGEN BRINGT NICHTS!
SETZEN SIE SICH, LUKE. SIE KÖNNEN NICHTS TUN, AUSSER UNS VERRATEN!
ICH KANN NICHT ZUSEHEN, WIE JEMAND GEDEMÜTIGT WIRD-- EGAL, OB MENSCH, TIER ODER ALIEN!
DAS MÜSSEN EINGEBORENE DIESER WELT SEIN. DAS IMPERIUM IST BEKANNT FÜR SEINE HARTHERZIGKEIT GEGENÜBER NICHT VERBÜNDETER URBEVÖLKERUNGEN.

IHR ESSEN.
NICHT ALLZU SCHLECHT.
MIR GEFÄLLT NICHT, WIE DER KELLNER MICH BEOBACHTET. GLAUBEN SIE, ER HAT EINEN VERDACHT?
„MEIN GOTT!"
SIE HABEN EINEN VERDACHT! WIR MÜSSEN WEG!
WIR KÖNNEN NICHT DAVONRENNEN; BESONDERS JETZT NICHT! BLEIBEN SIE RUHIG, LEIA!
ICH SAGTE, DASS ICH GEHE!
UND ICH SAGTE, DASS SIE BLEIBEN, BIS ICH ZU ENDE GEGESSEN HABE!
GIBT ES ÄRGER, BEI DEM ICH BEHILFLICH SEIN KANN?

HIER GIBT'S KEINEN ÄRGER. WIESO FRAGEN SIE?
ELARLES DORT IST EIN ÄUSSERST AUFMERKSAMER KELLNER. ER BEMERKTE, DASS -- OBWOHL SIE DIE SCHWIELIGEN HÄNDE EINES MINENARBEITERS BESITZEN--
-- IHRE BEGLEITERIN WOHL EHER EINEM ANDEREN BERUF NACHGEHT... TROTZ IHRER KLEIDUNG.
HÄTTE NIE GEDACHT, DASS ICH MAL FÜR SCHWIELEN VON DER FARMARBEIT DANKBAR WÄRE!
SIE, ÄH, ICH HAB SIE GEKAUFT. MEHR KONNTE ICH MIR LEIDER NICHT LEISTEN. SIE IST EINE FAULE DIENERIN UND MANCHMAL ETWAS UNGEHORSAM, UND DANN MUSS MAN SIE EBEN ETWAS ZURECHTWEISEN...
DA STIMME ICH IHNEN ZU, JUNGER MANN. ENTSCHULDIGEN SIE DIE STÖRUNG.
DAS HAT IHNEN GEFALLEN, NICHT WAHR?
SEIEN SIE NICHT DUMM... ICH HABE GERADE UNSERE LEBEN GERETTET! ICH... HE!
DEM WICHTIGTUER HABT IHR EINE NETTE SCHAU GEBOTEN, FREMDE. GEHT'S, MEINE LIEBE?
WIESO GLAUBEN SIE, DASS WIR FREMDE SIND -- UND WER HAT SIE ÜBERHAUPT UM IHRE MEINUNG GEBETEN?
VIELLEICHT EIN GEMEINSAMER FREUND... MANCHE NENNEN IHN... DIE MACHT.

DIE MACHT... IST EIN ABERGLAUBE, EIN MYTHOS, AN DEN DIE MENSCHEN GLAUBEN. DAMIT VERSETZT MAN KINDER IN ANGST.
ACH WIRKLICH? NUN, MEIN JUNGE, DIESER ABERGLAUBE IST STÄRKER IN DIR ALS IN JEDEM ANDEREN, DEN DIE ALTE HALLA HIER AUF DIESEM VERFLUCHTEN SCHMUTZHAUFEN GETROFFEN HAT!
IN DIESEM FALL, HALLA, TRAGEN SIE WOHL AUCH EIN WENIG VON DER MACHT IN SICH!
MEHR ALS NUR EIN WENIG, GRÜNSCHNABEL. ICH BIN EINE MEISTERIN DER MACHT, EINE MEISTERIN! PASS AUF!
HIER! DU SIEHST ES!
SEHR BEEINDRUCKEND.
ZWEI BEHERRSCHER DER MACHT, DIE ERWÄHLT WURDEN, SICH DIE HÄNDE ZU REICHEN UND SICH GEGENSEITIG ZU HELFEN!
SIE WOLLEN, DASS WIR IHNEN HELFEN?
WENN IHR NICHT WOLLT, DASS EURE ANWESENHEIT AN DIE GROSSE GLOCKE GEHÄNGT WIRD...
NUN GUT, ABER WIR MÜSSEN IRGENDWIE NACH CIRCARPOUS IV GELANGEN. WIR HABEN CIRCARPOUS X AUS GESCHÄFTLICHEN GRÜNDEN VERLASSEN.
UNSINN! IHR SEID VON DER REBELLENBASIS AUF XIV GEKOMMEN. SOVIEL ZUM VERTRAUEN. ABER KEINE SORGE, MEIN JUNGE, DIE EINZIGE HERRSCHAFT, DIE ICH ANERKENNE, IST MEINE EIGENE.
UND WENN ICH DIE REBELLEN VERKAUFEN WOLLTE, DANN HÄTTE ICH DAS SCHON VOR LANGER ZEIT GETAN. ABER OHNE RICHTIGE IDENTIFIKATION KÖNNT IHR KEINE PASSAGE NACH MIMBAN BUCHEN.
SCHEINT, ALS WÜRDET IHR HIER FESTSITZEN.

WENN WIR NICHT AUF OFFIZIELLE ART WEGKOMMEN, DANN MÜSSEN SIE UNS HELFEN, EIN SCHIFF ZU STEHLEN.
HAST DU DEN VERSTAND VERLOREN, MEIN JUNGE?
DANN SIND WIR JA IN GUTER GESELLSCHAFT. IN DEM MOMENT, IN DEM ICH SIE GESEHEN HABE, LUKE, WUSSTE ICH, DASS SIE EINE SCHWÄTZERIN IST.
SIE KÖNNEN UNS NICHT HELFEN, ODER?
NICHT, DASS ICH NICHT KANN. ABER ES GIBT GEWISSE RISIKEN DABEI. ICH WERDE EUCH UNTER EINER BEDINGUNG HELFEN, EIN SCHIFF ZU STEHLEN, MEINE LIEBEN-- IHR HELFT ZUERST MIR!
WIR HABEN WOHL KEINE ANDERE WAHL. WAS VERLANGEN SIE VON UNS?
FÜR ZWEI JÜNGER DER MACHT, WIE WIR BEIDEN ES SIND, SOLLTE DAS KEIN GROSSES PROBLEM SEIN. ICH MUSS ETWAS FINDEN...
ALLEINE SCHAFFE ICH ES NICHT, ABER WENN IHR MICH BETRÜGEN WOLLT, VERKAUFE ICH EUCH AN GRAMMEL.
ER IST DER ANFÜHRER DER IMPERIALEN TRUPPEN HIER UND EIN MANN, DEM MAN AUS DEM WEG GEHEN SOLLTE, WENN IHR VERSTEHT, WAS ICH MEINE.
NUN, ICH NEHME NICHT AN, DASS EINER VON EUCH BEIDEN SCHON EINMAL ETWAS VOM KAIBURR KRISTALL GEHÖRT HAT?
SOWEIT RICHTIG.

EURE UNWISSENHEIT ÜBERRASCHT MICH. NICHT. NUR WENIGE, DIE VON DER FRÜHEN ERFORSCHUNG VON MIMBAN WISSEN, HABEN DAVON GEHÖRT.
CIRCARPOUSIANISCHE ARCHÄOLOGEN KAMEN ZU DEM SCHLUSS, DASS ER EINE ERFINDUNG DER GRÜNHÄUTE SEI, UM IHNEN ALKOHOL ABZUSCHWATZEN, UND VERLIESSEN DEN PLANETEN.
ABER ER FAND SICH NOCH IN DEN IMPERIALEN AUFZEICHNUNGEN, ALS DIE MINENSTATION HIER ERRICHTET WURDE.
WO SOLL DIESER KRISTALL SICH DENN BEFINDEN?
LAUT DEN LEGENDEN IN EINEM VERROTTETEN TEMPEL EINER DRITTKLASSIGEN GOTTHEIT NAMENS POMOJEMA, EIN GUTES STÜCK VON HIER ENTFERNT.
DAS ALLES KLINGT SO NEBULÖS. WAS LÄSST SIE GLAUBEN, DASS DIESES JUWEL NICHT NUR IN DEN ERZÄHLUNGEN DER GRÜNH -- ÄH, MIMBANER EXISTIERT?
GANZ EINFACH, KLEINE. ICH HAB DEN BEWEIS! DAS IST EIN STÜCK DES KAIBURR KRISTALLS! HAB IHN VON EINER GRÜNHAUT GEGEN EINE FLASCHE TIPPLES EINGETAUSCHT.
SIE ERWARTEN VON UNS, DASS WIR EIN FRAGMENT EINES LEUCHTENDEN GLASES ALS BEWEIS ANERKENNEN?
DER JUNGE WEISS ES, NICHT WAHR? MACH SCHON, BERÜHR ES!
OHH!
LUKE, WAS IST?

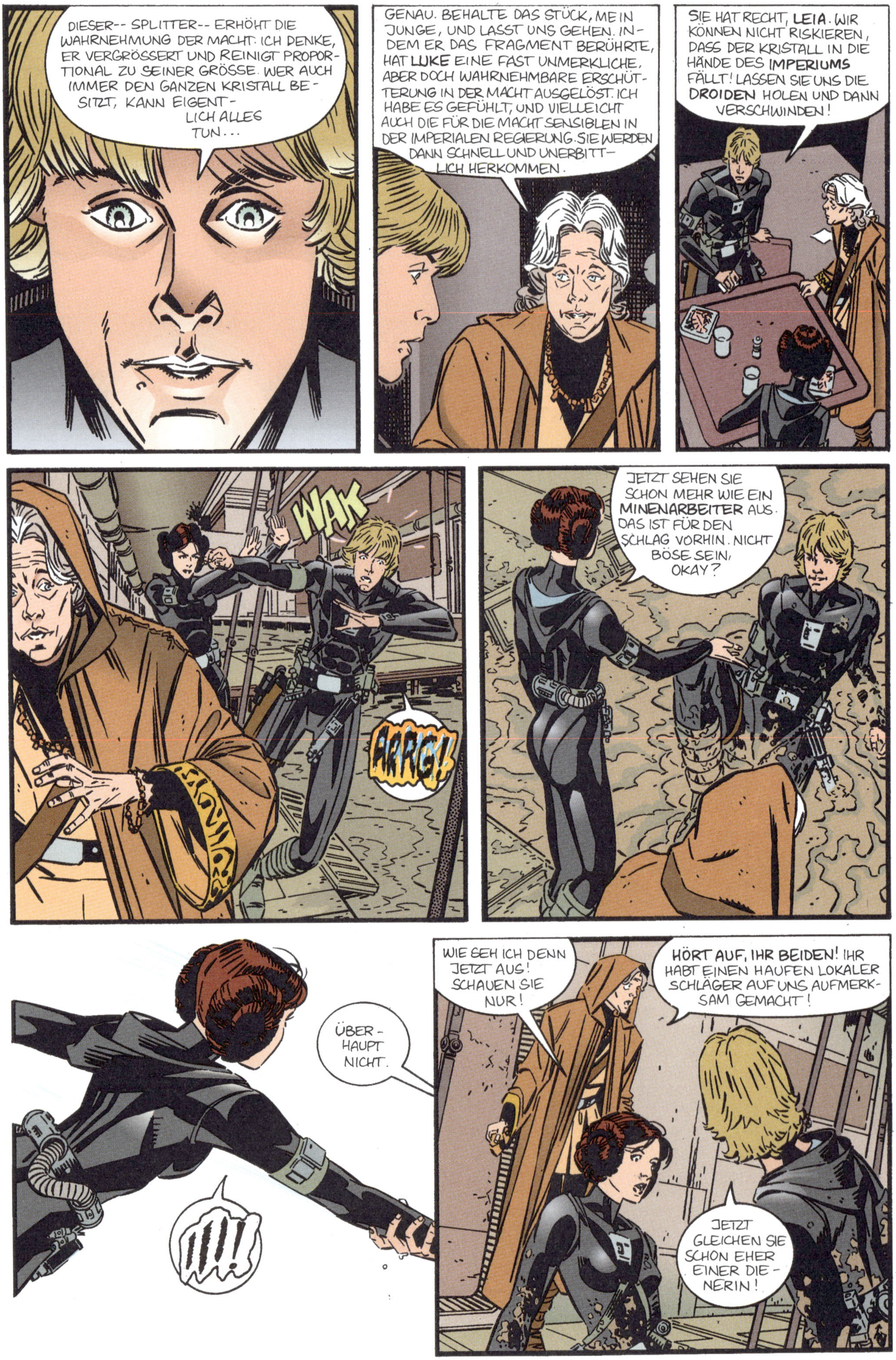
DIESER-- SPLITTER-- ERHÖHT DIE WAHRNEHMUNG DER MACHT. ICH DENKE, ER VERGRÖSSERT UND REINIGT PROPORTIONAL ZU SEINER GRÖSSE. WER AUCH IMMER DEN GANZEN KRISTALL BESITZT, KANN EIGENTLICH ALLES TUN...
GENAU. BEHALTE DAS STÜCK, MEIN JUNGE, UND LASST UNS GEHEN. INDEM ER DAS FRAGMENT BERÜHRTE, HAT LUKE EINE FAST UNMERKLICHE, ABER DOCH WAHRNEHMBARE ERSCHÜTTERUNG IN DER MACHT AUSGELÖST. ICH HABE ES GEFÜHLT, UND VIELLEICHT AUCH DIE FÜR DIE MACHT SENSIBLEN IN DER IMPERIALEN REGIERUNG. SIE WERDEN DANN SCHNELL UND UNERBITTLICH HERKOMMEN.
SIE HAT RECHT, LEIA. WIR KÖNNEN NICHT RISKIEREN, DASS DER KRISTALL IN DIE HÄNDE DES IMPERIUMS FÄLLT! LASSEN SIE UNS DIE DROIDEN HOLEN UND DANN VERSCHWINDEN!
WAK
ARRRG!!
JETZT SEHEN SIE SCHON MEHR WIE EIN MINENARBEITER AUS. DAS IST FÜR DEN SCHLAG VORHIN. NICHT BÖSE SEIN, OKAY?
ÜBERHAUPT NICHT.
!!!!
WIE SEH ICH DENN JETZT AUS! SCHAUEN SIE NUR!
HÖRT AUF, IHR BEIDEN! IHR HABT EINEN HAUFEN LOKALER SCHLÄGER AUF UNS AUFMERKSAM GEMACHT!
JETZT GLEICHEN SIE SCHON EHER EINER DIENERIN!

DIENERN IST ES NICHT ERLAUBT, SICH ZU WEHREN. STIMMT DOCH, JUNGS, ODER?
GANZ RUHIG, JUNGER FREUND, WIR WERDEN NICHT ZULASSEN, DASS SIE DIR WAS TUT!
VIELEN DANK, ABER DAS IST MEINE PRIVATE ANGE-LEGENHEIT.
IN DER ÖFFENTLICH-KEIT ZU KÄMPFEN IST GEGEN DAS GESETZ. DAS MINENGESETZ BESAGT, DASS WIR GESETZES-BRECHER FESTNEHMEN MÜSSEN! KOMM HER UND LASS DICH FESTNEHMEN! HARHARHAR!
AUU!
DAS HÄTTEST DU NICHT TUN SOL-LEN, KLEINER.
BIE-WHOOP!
UNSINN, ERZWO -- MAN WIRD DICH DEAKTIVIEREN, WENN DU DICH DA EIN-MISCHST. MASTER LUKE WIRD SCHON FERTIG MIT IHNEN...
HE, IHR DROIDEN -- EURE FREUNDE WERDEN'S WOHL NICHT SCHAFFEN! IHR KOMMT BESSER MIT MIR!
WAHRSCHEIN-LICH HAT SIE RECHT. LASS UNS MIT DER NETTEN DAME GEHEN, ERZWO!
BI'WI!...
SCHADE UM DIE BEIDEN... ICH HAB GERADE ANGEFANGEN, SIE ZU MÖ-GEN. ICH HOFFE, SIE ERHALTEN EIN ANSTÄNDIGES BEGRÄBNIS!

DER KLEINE WILL SPIE- LEN...
DANN MAL LOS, KLEINER...
PASSEN SIE AUF, LUKE!
DER TANZ KANN BEGINNEN!

ICH HAB DOCH GESAGT, DASS WIR KEINEN ÄRGER WOLLEN!
DAS IST AUCH KEIN ÄRGER, KLEINER... SONDERN DAS REINSTE VERGNÜGEN!
MACH IHN GANZ LANGSAM FERTIG, JAKE...
BIST KEIN GUTER TÄNZER, KLEINER? MIR REICHT'S JETZT ABER, DIR NACHZURENNEN...

„... LASS UNS ZUM ENDE KOMMEN!"
!!!!AHHRR!
VERDAMMT!
AIIIII!
WAFFEN WEG! SOFORT!

IM NAMEN DES IMPERATORS NEHMEN WIR EUCH FEST, DA IHR EUCH AN EINEM ÖFFENTLICHEN ORT MIT WAFFEN BEKÄMPFT HABT!
WIR HABEN NICHT ANGEFANGEN--ER UND DIE FRAU--
RUHE. IHR KÖNNT EUCH VOR CAPTAIN-SUPERVISOR GRAMMEL RECHTFERTIGEN.
VIELLEICHT IST ER GROSSZÜGIG.
GUTE ARBEITER SIND HIER SCHWER ZU FINDEN. VIELLEICHT LÄSST ER EUCH DIE MEISTEN EURER FINGER...
WAS IST DAS?
DAS GEFÄNGNIS.
SEHR BEEINDRUCKEND!

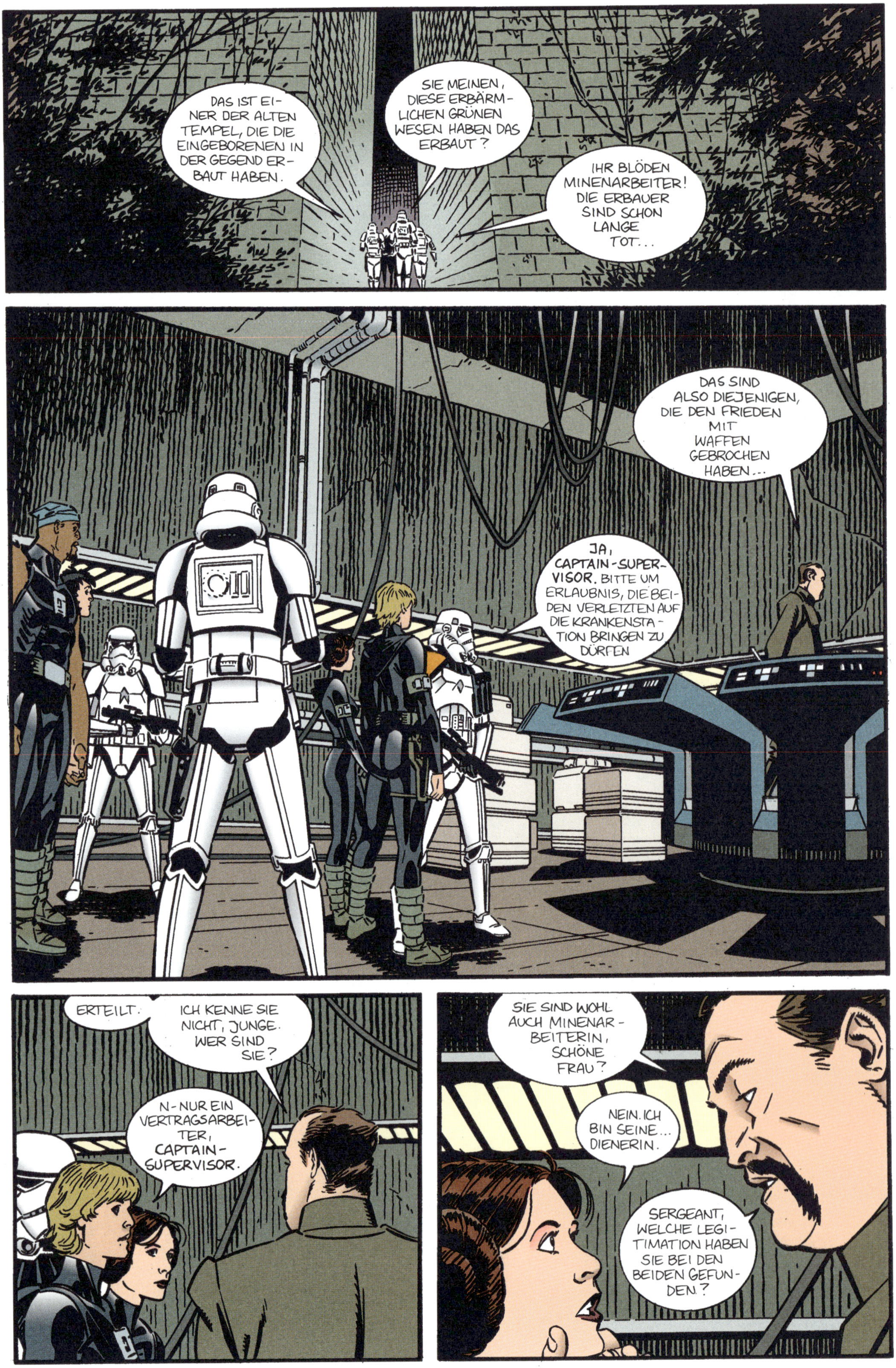
DAS IST EINER DER ALTEN TEMPEL, DIE DIE EINGEBORENEN IN DER GEGEND ERBAUT HABEN.
SIE MEINEN, DIESE ERBÄRMLICHEN GRÜNEN WESEN HABEN DAS ERBAUT?
IHR BLÖDEN MINENARBEITER! DIE ERBAUER SIND SCHON LANGE TOT...
DAS SIND ALSO DIEJENIGEN, DIE DEN FRIEDEN MIT WAFFEN GEBROCHEN HABEN...
JA, **CAPTAIN-SUPERVISOR.** BITTE UM ERLAUBNIS, DIE BEIDEN VERLETZTEN AUF DIE KRANKENSTATION BRINGEN ZU DÜRFEN
ERTEILT.
ICH KENNE SIE NICHT, JUNGE. WER SIND SIE?
N-NUR EIN VERTRAGSARBEITER, **CAPTAIN-SUPERVISOR.**
SIE SIND WOHL AUCH MINENARBEITERIN, SCHÖNE FRAU?
NEIN. ICH BIN SEINE... DIENERIN.
SERGEANT, WELCHE LEGITIMATION HABEN SIE BEI DEN BEIDEN GEFUNDEN?

LEGITIMATION, CAPTAIN-SUPERVISOR?
WIR-- ÄH-- NAHMEN AN, DASS DAS STANDARD SEI.
NEHMEN SIE NIE ETWAS AN, SERGEANT. DAS UNIVERSUM IST VOLL VON TOTEN, DIE ETWAS ANNAHMEN...
IHRE LEGITIMATION, BITTE?
CAPTAIN-SUPERVISOR?
JA, WAS GIBT ES?
JA, ICH KOMME SOFORT.
MIR GEFÄLLT DAS NICHT, LEIA.
WISSEN SIE, LUKE, SIE BESITZEN DIE UNHEIMLICHE FÄHIGKEIT, SELBST DIE UNBEQUEMSTEN UND QUALVOLLSTEN SACHVERHALTE EINFACH UND PROSAISCH AUSZUDRÜCKEN.
SIE HABEN DEN STREIT BEGONNEN. ICH BEFINDE SIE DES VORSÄTZLICHEN MORDVERSUCHES FÜR SCHULDIG.
ICH PROTESTIERE GEGEN DIESES URTEIL! ICH WERDE MICH BEIM IMPERIALEN AMT FÜR BODENSCHÄTZE BESCHWEREN!
DANN WERDEN SIE DIESE AUFZEICHNUNGEN DES VERFAHRENS BENÖTIGEN...
... NICHT WAHR?
AAAAA!

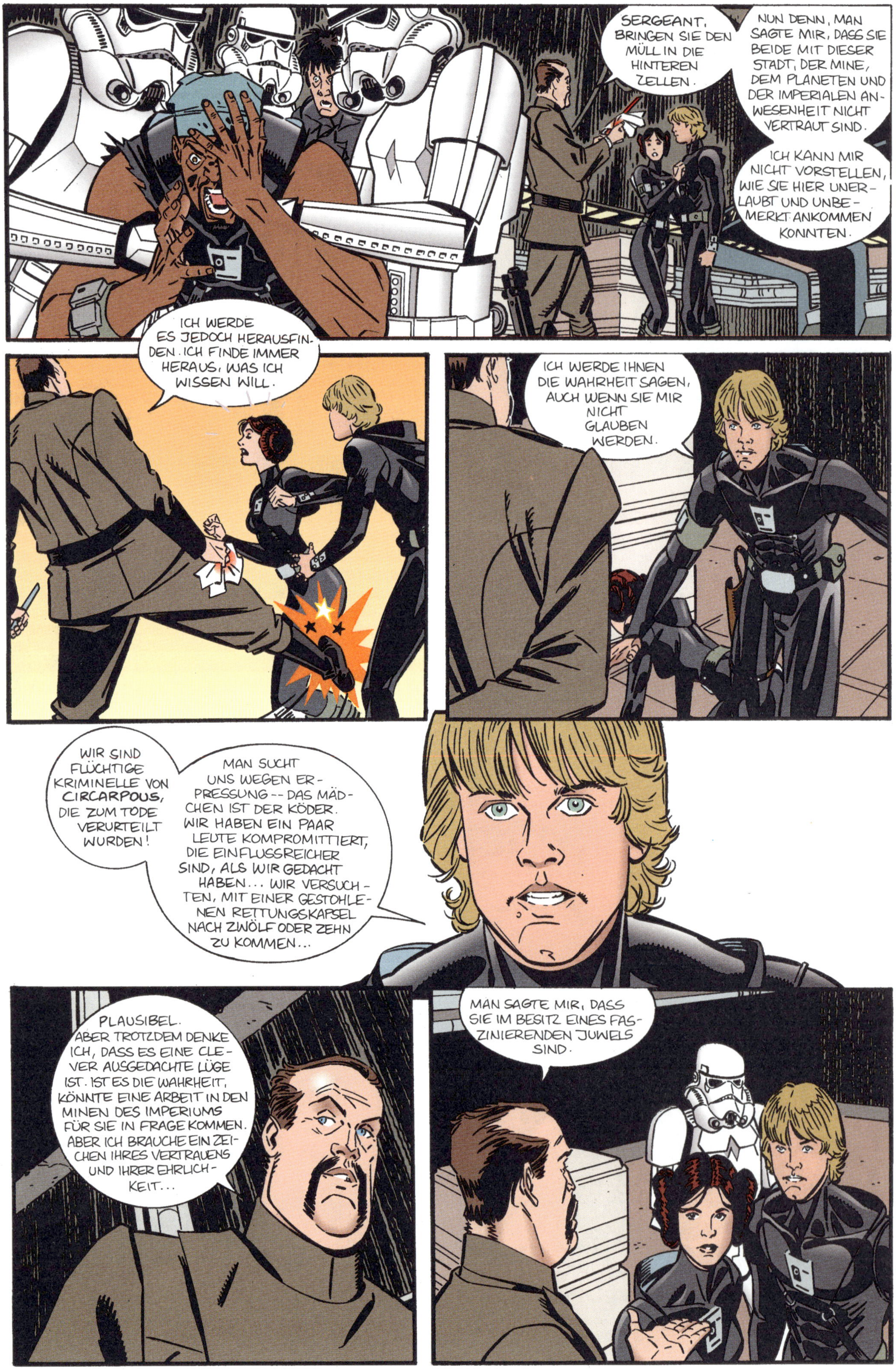
SERGEANT, BRINGEN SIE DEN MÜLL IN DIE HINTEREN ZELLEN.
NUN DENN, MAN SAGTE MIR, DASS SIE BEIDE MIT DIESER STADT, DER MINE, DEM PLANETEN UND DER IMPERIALEN ANWESENHEIT NICHT VERTRAUT SIND.
ICH KANN MIR NICHT VORSTELLEN, WIE SIE HIER UNERLAUBT UND UNBEMERKT ANKOMMEN KONNTEN.
ICH WERDE ES JEDOCH HERAUSFINDEN. ICH FINDE IMMER HERAUS, WAS ICH WISSEN WILL.
ICH WERDE IHNEN DIE WAHRHEIT SAGEN, AUCH WENN SIE MIR NICHT GLAUBEN WERDEN.
WIR SIND FLÜCHTIGE KRIMINELLE VON CIRCARPOUS, DIE ZUM TODE VERURTEILT WURDEN!
MAN SUCHT UNS WEGEN ERPRESSUNG -- DAS MÄDCHEN IST DER KÖDER. WIR HABEN EIN PAAR LEUTE KOMPROMITTIERT, DIE EINFLUSSREICHER SIND, ALS WIR GEDACHT HABEN... WIR VERSUCHTEN, MIT EINER GESTOHLENEN RETTUNGSKAPSEL NACH ZWÖLF ODER ZEHN ZU KOMMEN...
PLAUSIBEL. ABER TROTZDEM DENKE ICH, DASS ES EINE CLEVER AUSGEDACHTE LÜGE IST. IST ES DIE WAHRHEIT, KÖNNTE EINE ARBEIT IN DEN MINEN DES IMPERIUMS FÜR SIE IN FRAGE KOMMEN. ABER ICH BRAUCHE EIN ZEICHEN IHRES VERTRAUENS UND IHRER EHRLICHKEIT...
MAN SAGTE MIR, DASS SIE IM BESITZ EINES FASZINIERENDEN JUWELS SIND.

GEBEN SIE ES ZU. SIE WURDEN BEOBACHTET, WIE SIE EINEN RÖTLICH LEUCHTENDEN STEIN EINER FRAU ZEIGTEN, DEREN GEGENWART VON DEN IMPERIALEN KRÄFTEN KAUM GEDULDET WIRD. ÜBERGEBEN SIE IHN MIR, ODER ICH ERSCHLAGE DIE JUNGE FRAU IN IHRER GEGENWART.
SEHR SCHÖN. ZWEIFELLOS GESTOHLEN.
DIE STRAHLUNG IST UNGEWÖHNLICH. SEHEN SIE ES ALS BUSSGELD FÜR ÖFFENTLICHE RUHESTÖRUNG.
ABER WIR WURDEN DOCH ANGEGRIFFEN!
STELLEN SIE MEIN URTEIL IN FRAGE?
ICH DENKE NICHT...
...ICH HABE KONTAKTE AUF CIRCARPOUS, DENEN ICH IHRE NETZHAUTABDRÜCKE, NEURALSCANS UND SO WEITER ÜBERMITTELN WERDE.
ENTWEDER WIRD IHRE KRIMINELLE VERGANGENHEIT BESTÄTIGT, ODER ICH MUSS ZU WENIGER SUBTILEN METHODEN GREIFEN, UM DIE WAHRHEIT HERAUSZUFINDEN.
SERGEANT! BRINGEN SIE DIE BEIDEN IN DIE HOCHSICHERHEITSZELLE!
ABER, SIR, DIE ZELLE IST BEREITS BESETZT... DIE HABEN SCHON DREI MÄNNER IN DIE KRANKENSTATION GESCHICKT!
ICH BIN MIR SICHER, DIE BEIDEN WERDEN DAMIT FERTIG.
WARUM TUN SIE DAS? WIR WAREN DOCH EHRLICH!
VERSUCHEN SIE, AM LEBEN ZU BLEIBEN, BIS ICH IHRE GESCHICHTE ÜBERPRÜFT HABE. ICH MAG KEINE LEICHEN!

AUS EINEM ORT DES GEBETS HAT MAN EIN GEFÄNGNIS GEMACHT!
DAS IMPERIUM IST SCHLAU GENUG, BESTEHENDE BAUTEN ZU NUTZEN, UM GELD ZU SPAREN.
DAS WIRD SICH WOHL AUF IHREN LOHN UND IHRE RENTE AUSWIRKEN.
IHR NEUES ZUHAUSE.
WEITERGEHEN.
DIE ZELLE WURDE FÜR MEHR ALS NORMALE MENSCHEN GEBAUT. WER IST DA DRIN?
DAS SEHT IHR GLEICH.
LUKE, ICH GLAUBE NICHT, DASS MIR DAS GEFÄLLT...
WIE WAR DAS VORHIN VON WEGEN UNTERTREIBUNG?

ICH HABE EINE HYPERRAUMNACHRICHT ERSTER PRIORITÄT FÜR GOUVERNEUR BIN ESSADA AUF DER TERRITORIALEN VERWALTUNGSWELT GYNDINE.
IN BEARBEITUNG.
GRAMMEL! ICH HOFFE, ES IST WICHTIG! SEIT DER IMPERATOR DEN SENAT AUFGELÖST HAT, WERDEN WIR REGIONALGOUVERNEURE MIT ARBEIT ÜBERSCHWEMMT!
002384.
002385.
ICH HABE VON ZWEI KLEINEN KRIMINELLEN EINEN SELTSAMEN STEIN KONFISZIERT.
ICH DACHTE, MIT IHREM WISSEN ÜBER STRAHLENDE STEINE --
VERGESSEN SIE DEN STEIN, MANN! JA -- SIE KÖNNTE ES SEIN, VIELLEICHT -- DEN JUNGEN KENNE ICH NICHT, ABER ER KÖNNTE AUCH WICHTIG SEIN. DEN BEIDEN DARF UNTER KEINEN UMSTÄNDEN ETWAS ZUSTOSSEN, BIS DIE ZUSTÄNDIGEN AUTORITÄTEN EINTREFFEN!
YES SIR!
ICH HABE WICHTIGE NEUIGKEITEN FÜR SIE, LORD VADER.

HABE ICH RICHTIG VER-STANDEN?
SIE HABEN MIT DEN BEIDEN UNGEHEUERN GESPROCHEN, UND DIE BEIDEN HABEN EINEN FURCHTBAREN KATER?!
RICHTIG, UND SIE WÄREN DANKBAR, WENN SIE NICHT SO LAUT WÄREN.
DAS SIND HIN UND KEE -- ZWEI YUZZEM. DAMALS AUF DER FARM AUF TATOOINE HABE ICH IHRE SPRACHE GELERNT. ETWAS ÜBER ANDERE KULTUREN ZU LERNEN WAR EINE GUTE FLUCHTMÖGLICHKEIT.
YUZZEM SIND BERÜCHTIGT FÜR IHRE REIZBARKEIT, ABER ICH KONNTE SIE ÜBERZEUGEN, DASS WIR NICHT WIE DIE IMPERIALEN SIND, DIE SIE HIER HEREINGESTECKT HABEN.
ES SCHEINT, DASS SIE DAGEGEN PROTESTIERT HABEN, ALS MINENSKLAVEN ARBEITEN ZU MÜSSEN.
PRAKTISCH STEHEN SIE ALSO AUF UNSERER SEITE?
STILL, PRINZESSIN-- KEE MEINT, DASS JEMAND KOMMT!
SIE LEBEN NOCH? SCHÖN. ICH WOLLTE SIE UMLEGEN, ABER WENN DIE YUZZEM NICHTS GEGEN SIE HABEN, DANN SIND SIE HIER WOHL GUT AUFGEHOBEN.
EIN HOCHGESTELLTER IMPERIALER REPRÄSENTANT IST HIERHER UNTERWEGS, UM SIE PERSÖNLICH ZU BEFRAGEN.

WARUM SOLLTE JEMAND AN UNS INTERESSIERT SEIN ?
ICH MUSS ZUGEBEN, DASS MIR NICHT KLAR IST, WAS DER IMPERIALE GOUVERNEUR IN IHNEN SIEHT.
IMPERIALE GOUVERNEURE HABEN KEIN INTERESSE AN GEWÖHNLICHEN DIEBEN, LUKE. MAN WIRD MICH WIEDER BEFRAGEN... WIE ES DAMALS... MOFF TARKIN... TAT.
RUHIG, LEIA.
SIE IST SCHON EINMAL BEFRAGT WORDEN -- WER SIND SIE ? SAGEN SIE ES MIR !
VIELLEICHT KANN ICH EIN GUTES WORT FÜR SIE EINLEGEN, WENN SIE MIR INFORMATIONEN GEBEN, DIE VON WERT SIND ! ICH WILL WEG VON DIESER ELENDEN WELT !
SAGEN SIE ES MIR AUF DER STELLE, ODER ICH LASSE SIE LANGSAM ZUTODE MARTERN--URK!
CHOOM

ICH WERDE DEN MINENDIREKTOR DAVON ÜBERZEUGEN, DASS ER MICH EUCH BESTIEN PERSÖNLICH AUSEINANDERNEHMEN LÄSST!
DAS WAR'S DANN, **LUKE**. WIR MÜSSEN WEG VON HIER!
HIN SAGT, DASS SIE UNS AUS DEM GEBÄUDE SCHAFFEN KÖNNEN, WENN WIR SIE AUS DER ZELLE BRINGEN...
DAZU BRAUCHT ES EINEN WAHREN **MEISTER DER MACHT, LUKE**, MEIN JUNGE!
HALLA!
‹NEIN, **HIN**, SIE IST EIN FREUND!›
SIE HABEN UNS DOCH NICHT IM STICH GELASSEN! WIE GEHT ES **ERZWO** UND **DREIPEO**?
GUT. ABER DA DRIN SEID IHR MIR KEINE HILFE, UM DEN KRISTALL ZU FINDEN!
HABEN SIE SPRENGSTOFF MITGEBRACHT?
PAH! HIER DRAUSSEN IST NUR EINE ALTE FRAU AUF EINEM SIMS ÜBER EINEM 40 METER TIEFEN GRABEN. ABER MICH BEGLEITET DIE **MACHT**!
WENN ICH DIESES TABLETT VOR DIE FOTOZELLE IM KORRIDOR BEWEGEN KÖNNTE...
KLANK
ICH-- ICH SCHAFF ES NICHT.

JUNGE, DU MUSST MIR HELFEN. ICH KANN DIESES DING ANHEBEN, HABE ABER KEINE KONTROLLE DARÜBER...
ICH--ICH VERSUCH ES.
KEINEN DRUCK AUSÜBEN, LUKE. ERINNERE DICH, WAS ICH DICH GELEHRT HABE. WERDE RUHIG UND LASS DIE MACHT DICH DURCHFLIESSEN...
KLIK
JA, ES SIEHT SO AUS... ICH HATTE EINEN GUTEN LEHRER...
GESCHAFFT, LUKE.
DANKE, MEIN JUNGE. DIE DROIDEN UND ICH WERDEN EUCH BEI DEN LANDSPEEDERN ERWARTEN. FOLGT DEM BACH RECHTS VOM AUSGANG.
VORWÄRTS, LUKE!
WAS IST DAS FÜR EIN TUMULT VOR UNS? ICH DACHTE, WIR WÜRDEN UNS HIER STILL UND LEISE WEGSCHLEICHEN...
ES GIBT KEINE SCHLEICHENDEN YUZZEM.

DAS MEINTE ICH DAMIT!
MEIN LICHTSCHWERT! WO HAST DU ES GEFUNDEN, KEE?
DAFÜR IST KEINE ZEIT, LUKE. DIE SOLDATEN KOMMEN!
BWOOM

HIN HAT DIE FERNMELDE-ZENTRALE DES GEBÄUDES AUSGESCHALTET -- SEHEN WIR ZU, DASS WIR WEGKOMMEN!
ICH HOFFE, DIE WACHEN HABEN DEN AUSGANG GESICHERT -- ANSONSTEN KOSTET ES IHRE KÖPFE!
ICH MUSS ZUGEBEN, DASS ZWEI SCHREIENDE, STÜRMENDE YUZZEM EINE GANZ NETTE ABLENKUNG DARSTELLEN!
LUKE! DER AUSGANG KANN NUR PER HAND GEÖFFNET WERDEN -- UND KEINER VON UNS KENNT DEN CODE!

WAM
WAM
< DAS WIRD NICHT FUNKTIONIEREN, HIN -- UNZERSTÖRBARES SICHERHEITSMATERIAL. ALLES ZURÜCK! ICH SPRENGE DIESES DING! >
BLA-WHAM
DIE SCHEINEN ES VERBESSERT ZU HABEN...
LOS, LUKE -- DIE VERSTÄRKUNG KOMMT GERADE!
GEHEN SIE SCHON VOR. ICH WERDE ALLES VERSUCHEN, UM SIE VON EINER VERFOLGUNG ABZUHALTEN!
VORWÄRTS, IHR FAULEN SÄCKE!
HHHSSSS-S-SS
HSSSSSSS
TOK!

DAS SOLLTE SELBST IMPERIALE TRUPPEN AUFHALTEN!
HIER IST DER BACH. HOFFEN WIR, DASS DIE ALTE FRAU NICHT IN PANIK GERATEN IST UND SICH OHNE UNS AUS DEM STAUB GEMACHT HAT!
DA KOMMEN ENDLICH MASTER LUKE UND PRINZESSIN LEIA -- ABER SIE WERDEN VON ZWEI BLUTRÜNSTIGEN UNGEHEUERN VERFOLGT. ERZWO, WARUM UNTERNIMMST DU NICHTS?
FWIE-WIEP?

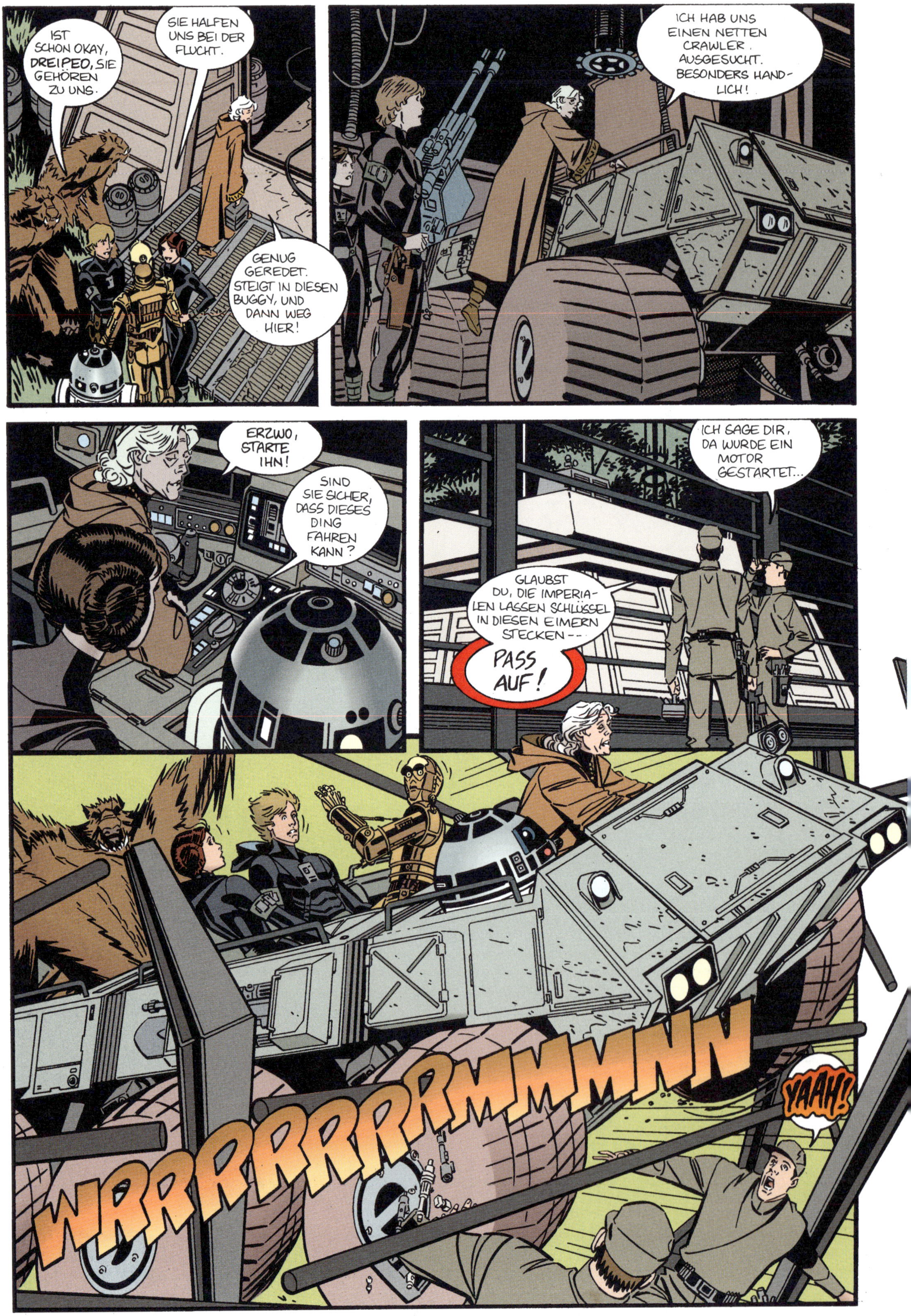

IST SCHON OKAY, DREIPED, SIE GEHÖREN ZU UNS.
SIE HALFEN UNS BEI DER FLUCHT.
GENUG GEREDET. STEIGT IN DIESEN BUGGY, UND DANN WEG HIER!
ICH HAB UNS EINEN NETTEN CRAWLER AUSGESUCHT. BESONDERS HANDLICH!
ERZWO, STARTE IHN!
SIND SIE SICHER, DASS DIESES DING FAHREN KANN?
ICH SAGE DIR, DA WURDE EIN MOTOR GESTARTET...
GLAUBST DU, DIE IMPERIALEN LASSEN SCHLÜSSEL IN DIESEN EIMERN STECKEN--
PASS AUF!
WRRRRRRRMMMMNN
YAAH!

JUCHHU, IHR AUFGEDONNERTEN ERDWÜRMER!
FESTHALTEN, MÄDCHEN UND DROIDEN! ICH BRINGE UNS ZUM TEMPEL VON POMOJEMA UND ZUM KAIBURR KRISTALL!
DIE YUZZEM WOLLEN WISSEN, OB SICH IRGEND ETWAS ZU ESSEN AN BORD BEFINDET.
IM KASTEN GANZ HINTEN -- GENUG FUTTER UND WAFFEN FÜR EINE WOCHE. MAXIMUM ZEHN TAGE BIS ZUM TEMPEL.
ICH HOLE UNS ETWAS ZU ESSEN.
HEISST DAS, DASS DER TEMPEL IN DER NÄHE DER MINE LIEGT UND NIEMAND IHN UNTERSUCHT HAT?
ES GIBT HIER TAUSENDE DIESER TEMPEL. AUSSERDEM WAR PROMOJEMA EIN EHER UNBEDEUTENDER GOTT.
SCHEINBAR VERLIEH ER SEINEN PRIESTERN EINE ART WUNDERSAME HEILKRAFT ODER SO ETWAS ÄHNLICHES.
DER KAIBURR KRISTALL KÖNNTE DER GRUND FÜR DIESE ERZÄHLUNGEN SEIN... WENN DAS IMPERIUM IHN IN DIE HÄNDE BEKOMMT, DANN WIRD ER ZUM ZERSTÖREN BENUTZT UND NICHT ZUM HEILEN.
HALLA, WIR MÜSSEN DEN KRISTALL FINDEN, BEVOR DER IMPERIALE REPRÄSENTANT AUF MIMBAN EINTRIFFT. UND WENN WIR NICHT MIT IHM ENTKOMMEN KÖNNEN, DANN MÜSSEN WIR IHN VERNICHTEN.
ICH BIN SEIT JAHREN HINTER DIESEM STEIN HER, MEIN JUNGE.
ICH KANN NICHT VERSPRECHEN, DASS ICH IHN ZERSTÖREN KANN, FALLS WIR IHN FINDEN...

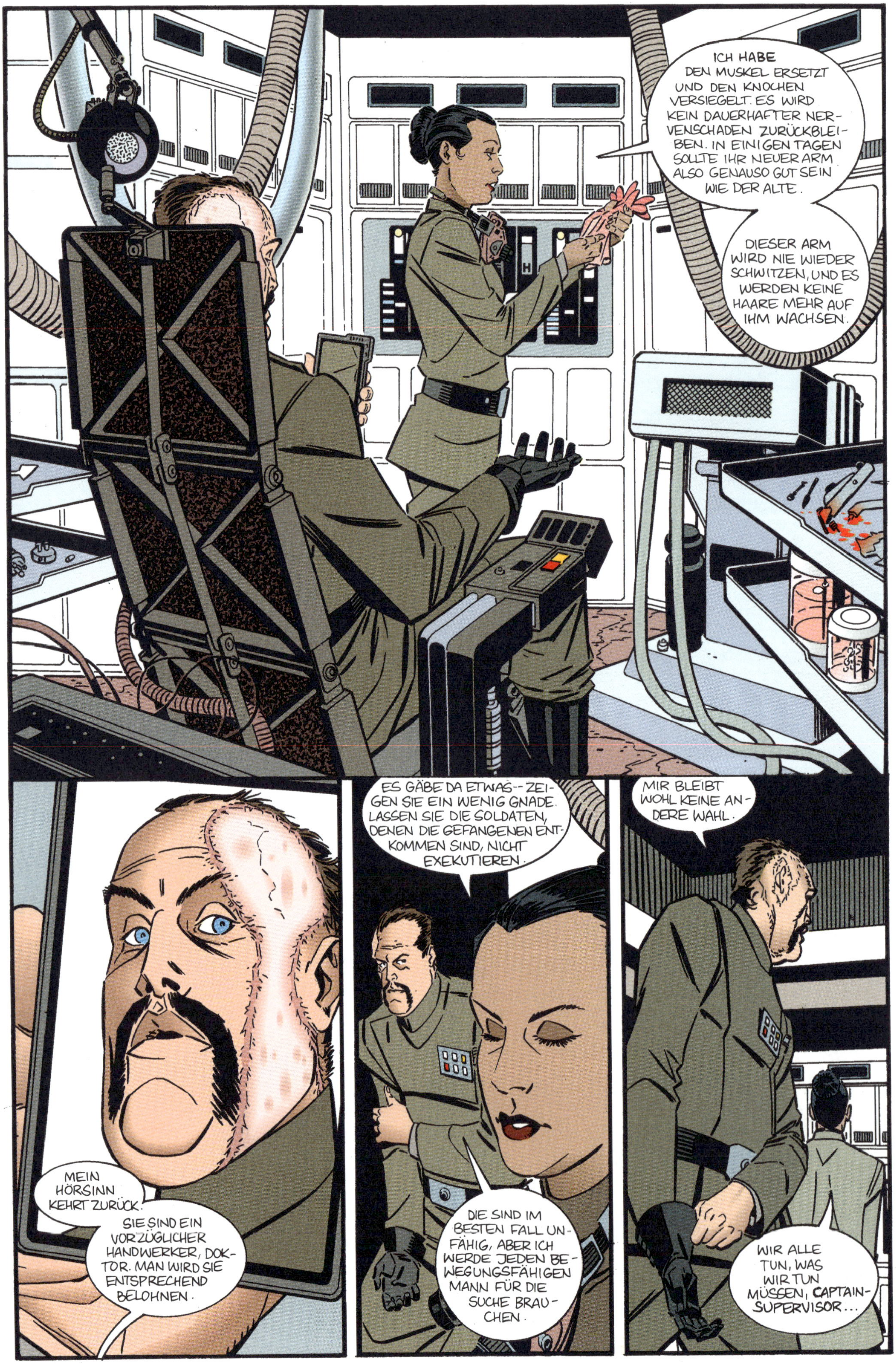
ICH HABE DEN MUSKEL ERSETZT UND DEN KNOCHEN VERSIEGELT. ES WIRD KEIN DAUERHAFTER NERVENSCHADEN ZURÜCKBLEIBEN. IN EINIGEN TAGEN SOLLTE IHR NEUER ARM ALSO GENAUSO GUT SEIN WIE DER ALTE.
DIESER ARM WIRD NIE WIEDER SCHWITZEN, UND ES WERDEN KEINE HAARE MEHR AUF IHM WACHSEN.
MEIN HÖRSINN KEHRT ZURÜCK.
SIE SIND EIN VORZÜGLICHER HANDWERKER, DOKTOR. MAN WIRD SIE ENTSPRECHEND BELOHNEN.
ES GÄBE DA ETWAS-- ZEIGEN SIE EIN WENIG GNADE. LASSEN SIE DIE SOLDATEN, DENEN DIE GEFANGENEN ENTKOMMEN SIND, NICHT EXEKUTIEREN.
DIE SIND IM BESTEN FALL UNFÄHIG, ABER ICH WERDE JEDEN BEWEGUNGSFÄHIGEN MANN FÜR DIE SUCHE BRAUCHEN.
MIR BLEIBT WOHL KEINE ANDERE WAHL.
WIR ALLE TUN, WAS WIR TUN MÜSSEN, **CAPTAIN-SUPERVISOR**...

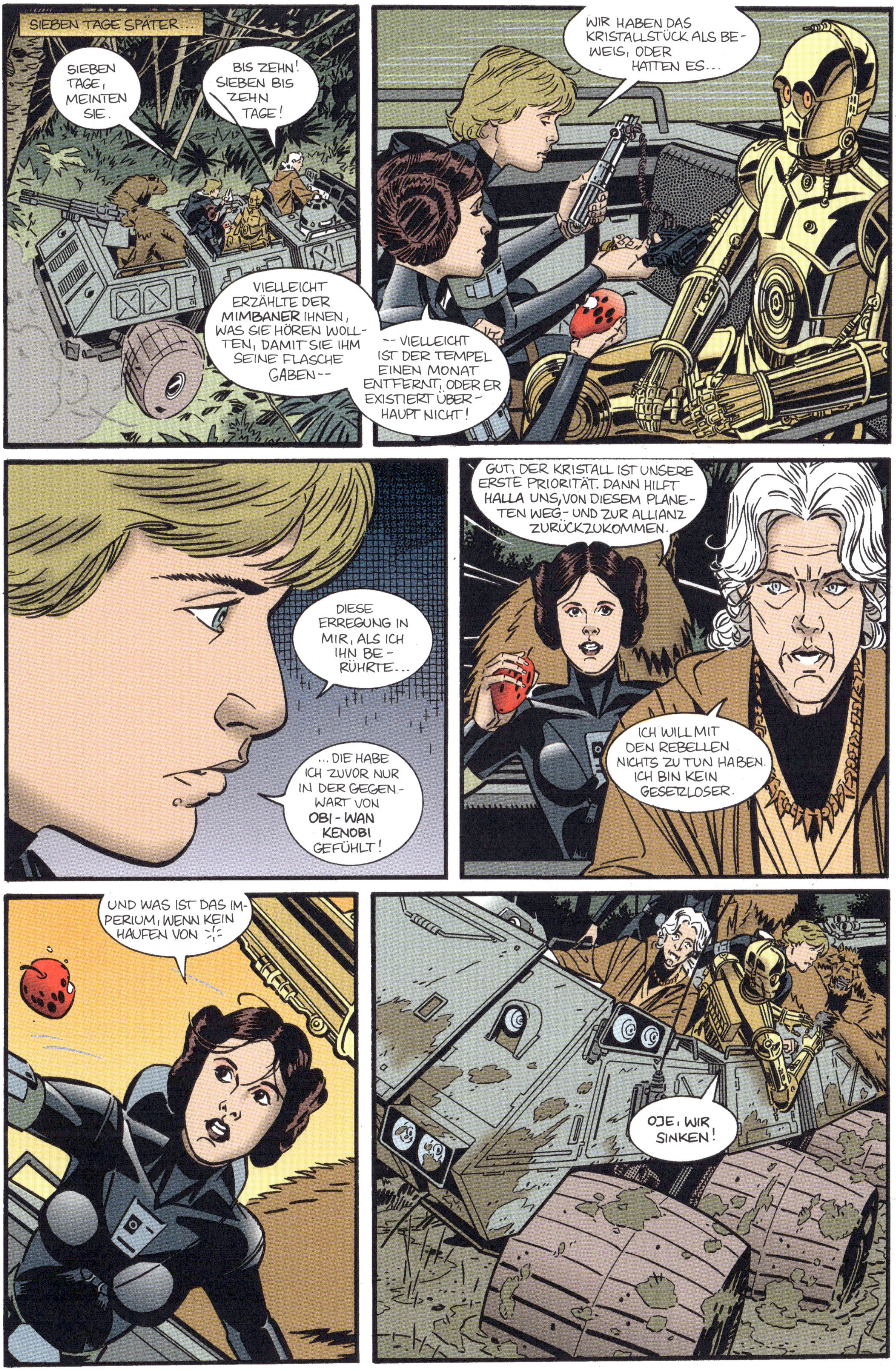
SIEBEN TAGE SPÄTER...
SIEBEN TAGE, MEINTEN SIE.
BIS ZEHN! SIEBEN BIS ZEHN TAGE!
WIR HABEN DAS KRISTALLSTÜCK ALS BEWEIS, ODER HATTEN ES...
VIELLEICHT ERZÄHLTE DER MIMBANER IHNEN, WAS SIE HÖREN WOLLTEN, DAMIT SIE IHM SEINE FLASCHE GABEN--
--VIELLEICHT IST DER TEMPEL EINEN MONAT ENTFERNT, ODER ER EXISTIERT ÜBERHAUPT NICHT!
DIESE ERREGUNG IN MIR, ALS ICH IHN BERÜHRTE...
...DIE HABE ICH ZUVOR NUR IN DER GEGENWART VON OBI-WAN KENOBI GEFÜHLT!
GUT, DER KRISTALL IST UNSERE ERSTE PRIORITÄT. DANN HILFT HALLA UNS, VON DIESEM PLANETEN WEG- UND ZUR ALLIANZ ZURÜCKZUKOMMEN.
ICH WILL MIT DEN REBELLEN NICHTS ZU TUN HABEN. ICH BIN KEIN GESETZLOSER.
UND WAS IST DAS IMPERIUM, WENN KEIN HAUFEN VON
OJE, WIR SINKEN!

BRING DEIN GETRIEBE NICHT DURCHEINANDER, BLECHDOSE. DORT DRÜBEN FÜHRT EIN FESTER WEG DURCH DIESEN SUMPF.
AUF MIMBAN MUSS MAN JEDE SEKUNDE IN ALARM-BEREITSCHAFT SEIN. DER PLANET IST VERRÜCKT UND DEIN SCHLIMMSTER FEIND.
ICH WÜRDE SAGEN, DER BODEN UNTER UNS BEWEGT SICH...
DIE MACHT STEHE UNS BEI!

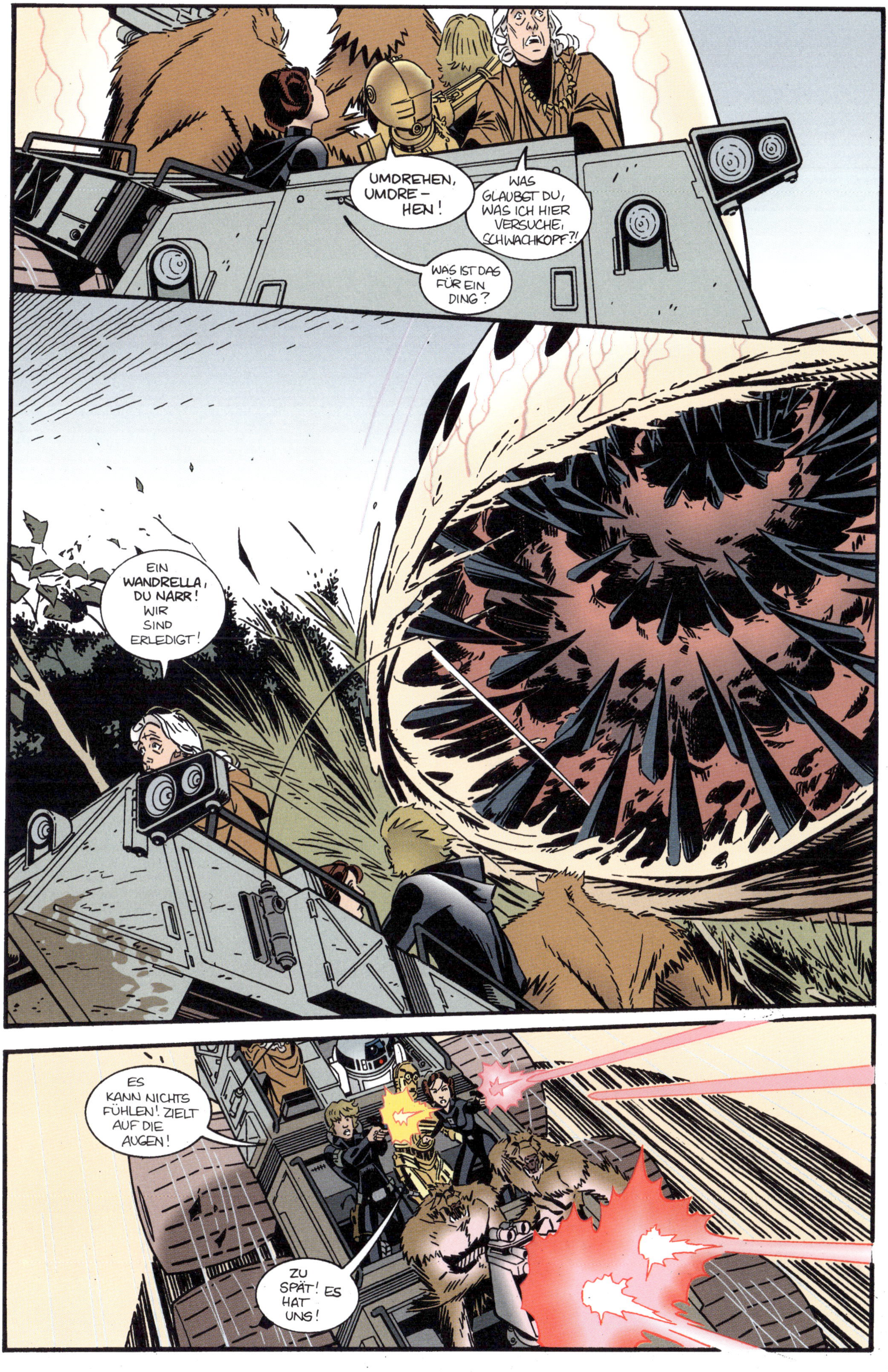
UMDREHEN, UMDRE-HEN!
WAS GLAUBST DU, WAS ICH HIER VERSUCHE, SCHWACHKOPF?!
WAS IST DAS FÜR EIN DING?
EIN WANDRELLA, DU NARR! WIR SIND ERLEDIGT!
ES KANN NICHTS FÜHLEN! ZIELT AUF DIE AUGEN!
ZU SPÄT! ES HAT UNS!

VERLOREN! WIR SIND ALLE VERLOREN!
FORTSETZUNG UND ENDE IM NÄCHSTEN BAND

STAR WARS
CHRONOLOGIE

Um es den Lesern zu ermöglichen, die einzelnen Star Wars-Erzählungen, die bei verschiedenen Verlagen erscheinen, in chronologischer Reihenfolge zu erleben, haben wir die folgende Zeittafel erstellt. Als Bezugspunkt wurde der 1977 entstandene Film *STAR WARS: Eine neue Hoffnung* angenommen. Dieses Kapitel der Saga gilt als vierter Teil des Star Wars-Epos.

vSW 4 – vor Star Wars 4
nSW4 – nach Star Wars 4

5000 vSW4	Das Goldene Zeitalter der Sith
4990 vSW4	Der Sturz des Sith-Imperiums
4000 vSW4	Das Geheimnis der Jedi-Ritter
3999 vSW4	Die Saga von Nomi Sunrider
3998 vSW4	Der Freedon Nadd-Aufstand
3992 vSW4	Die Lords von Sith
3990 vSW4	Der Sith-Krieg
5-10 vSW4	Die Droiden
	Die Rebellion der Droiden
SW4	STAR WARS: Eine neue Hoffnung (Teil 4)
0+nSW4	Die neuen Abenteuer des Luke Skywalker
0+nSW4	Classic Star Wars: Die frühen Abenteuer
0+nSW4	Der Fluß des Chaos'
0-3nSW4	Classic Star Wars
3nSW4	STAR WARS: Das Imperium schlägt zurück (Teil 5)
3+nSW4	Die Schatten des Imperiums
4nSW4	STAR WARS: Die Rückkehr der Jedi-Ritter (Teil 6)
4+nSW4	Classic Star Wars: Die Vandelhelm Mission
4+nSW4	X-Wing
9+nSW4	Die Erben des Imperiums
	Die dunkle Seite der Macht
	Das letzte Kommando
10nSW4	Das dunkle Imperium Teil I
10+nSW4	Das dunkle Imperium Teil II
10+nSW4	Boba Fett
11nSW4	Das dunkle Imperium Teil III

STAR WARS™
DAS OFFIZIELLE MAGAZIN
AUSGABE 3
AB JETZT
IN DIESER GALAXIS
OZ VERLAG
™ & © LUCASFILM LTD. 1996. AllRights Reserved.